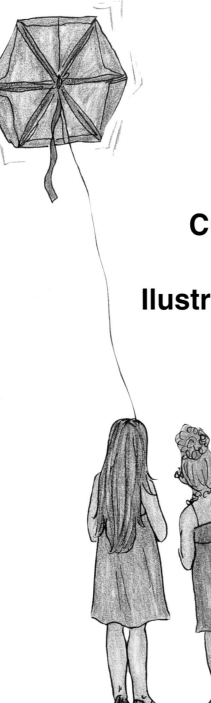

La chiringa

Cuento NELSON SANTOS

Ilustrado por ELIANETH MOLINA

Libros, Encouraging Cultural Literacy
Long Beach, NY
www.librospress.com

Para mis hijas Lourdes Margarita y Alexandra; mis dos coquíes, Lurdilla y Tatita, las niñas de mis ojos.

—N.S.

Estas ilustraciones son dedicadas a mi madre Gladys, a mis hermanas Luz y Yari, a mi hermanito Julio, a mi cuñado Julio y mi novio Carlos por todo el apoyo que me brindaron. Y para mis sobrinitas Liana y Lindsey por su inspiración y cariño.

–E.M.

Nosotros le damos las gracias a Phil Jacobs, nuestro diseñador gráfico, por su trabajo magistral. Apreciamos su gran compromiso al desarollo de la chiringa. El libro refleja sus abilidades creativas.

LIBROS: Encouraging Cultural Literacy
P.O. Box 453
Long Beach, NY. 11561
Text copyright © 2002 by Nelson Santos
Illustrations copyright © 2002 by Elianeth Molina

The text of this book is set in 24 point Helvetica.
The illustrations are colored pencils.
First Edition
Printed in Hong Kong

Publisher's Cataloging-in-Publication
(Provided by Quality Books, Inc.)

Santos, Nelson
    The kite / story by Nelson Santos ;
illustrations by Elianeth Molina.
    p. cm.
    SUMMARY: Bring to life the sadly disappearing art of
making kites from scratch with this story of a father
teaching the craft of kite making to his two young
daughters. As the girls take part in the fun and
learning, values like family love, tradition and an
appreciation for the simple things in life are imparted.
        Audience: Grades K-5
        LCCN 2002101390 (English)
        LCCN 2002101681 (Spanish)
        ISBN 0-9675413-6-0 (English)
        ISBN 0-9675413-7-9 (Spanish)

    1. Kites--Juvenile fiction. 2. Family life--
Juvenile fiction. 3.Simplicity--Juvenile fiction.
[1. Kites--Fiction. 2. Family life--Fiction.
3. Simplicity--Fiction.]   I. Molina, Elianeth. II. Title.

PZ7. S238616Ki2002   [E]
                    QBI33-518

¡Hijitas queridas, Lurdilla Y Tatita, qué viento tan fuerte!

Aprovechemos lo que la naturaleza nos brinda y hagamos una hermosa chiringa.

Vamos a hacer la chiringa de la
misma forma que yo lo hacía
cuando era pequeño. Mi padre
me enseñó este arte tan bonito.

Necesitaremos una
rama de una
palma de coco,
papel,
pega e hilo.

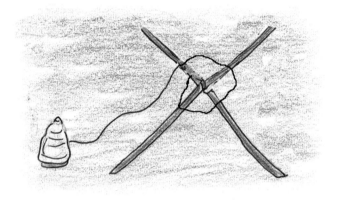

Sacaremos las varillas
de la rama, pelando las hojitas
una a una.
Luego cruzaremos
dos varillas y las
amarraremos fuertemente.

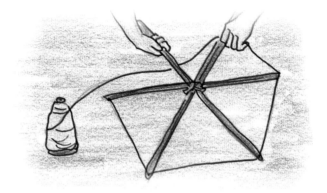

¿Qué tenemos ahora?
Una perfecta equis.
Luego cruzamos otra
varilla por el mismito centro.
Amarramos un hilo arriba,
en la punta derecha,
y varilla a varilla,
las ataremos una a una para darle
la forma a nuestra chiringa.

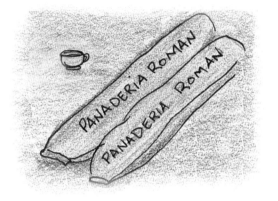

¿Con qué lo hacemos hijitas?
¿Quieren que se los diga?
Pues, con el papel del pan de la
panadería.
Y si no tenemos pega, no habrá
ningún problema.
Vamos a la cocina.

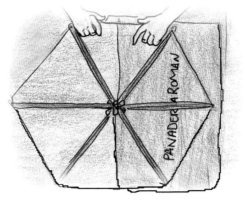

Un poquito de agua
echaremos en una tacita.
Luego le añadimos
un poco de harinita,
de la de hacer el pan.
¡Ya tenemos la pega lista!
Y ahora, peguemos el papel
sobre la chiringa.

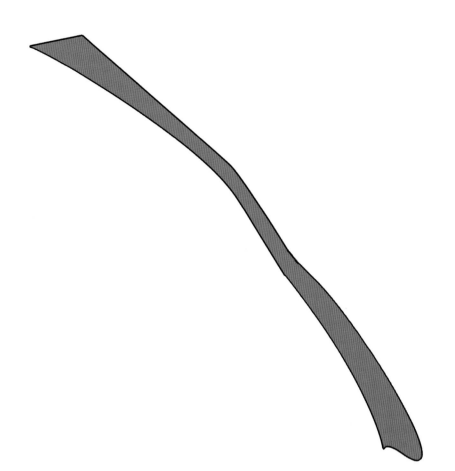

¿Qué viene ahora, mis hijas?
Algo muy importante.
Hay que conseguir
una tira de tela para
ponerle un rabo,
largo como una anguila.

Ya todo está listo. ¡A volar la chiringa! ¡Pero, piensa, Tatita! ¡Piensa, piensa, Lurdilla! ¿Qué es lo que falta todavía? ¡El hilo! ¡Claro que lo sabían! Shhh ... entraremos calladitos al cuarto y le pediremos un rollo a abuelita.

Lo amarraremos bien fuerte.
¡Aprieten bien, Tatita y Lurdilla!

Aguanten la chiringa y aléjense un poquito, hasta que les diga que todo está en su lugar.

Cuando eschuchen mi grito la sueltan enseguida. Yo halaré fuerte. Subirá hacia las nubes. ¡Le soltaré más hilo!
¡Arriba, arriba, arriba, el aire la eleva!

¡Allá va su chiringa el cielo conquistando!
¡Qué preciosa se ve a las nubes llegando!
¡Ven, Tatita querida! ¡Ven!
¡Ven a mi lado Lurdilla!
Aquí tiene su chiringa,
vuélenla por un rato.

Mis hijas, tengo que
acostarme, me siento muy cansado.
Igual que la chiringa que el cielo conquistó,
me siento en una nube...
¡Qué
sueño
tengo
yo!..
¡ZZZzzz!